いのちの輝き

福田俊彦
FUKUTA Toshihiko

文芸社

もくじ

本文イラスト　金　斗鉉

いのちの輝き

「えっ、生まれたの？　女の子？　おめでとう。よかったねー。はい、はい、わかったわ。パパにも伝えておくわ」

携帯電話を切るか切らないうちに、妻の美沙恵（みさえ）が私に言う。

「パパ、紀子（のりこ）が女の子を産んだのよ。今、明夫（あきお）さんから連絡があったの」

「分かっているよ。横で聞いていたから」

娘婿から妻へかかってきた電話を聞いているうちに、私も孫を持つ年齢になったのだなあと、心の中で感慨にふけっていた。

そんな私の心を読み取るかのように、美沙恵は言う。

「これからは、あなたもおじいさんになるのね」

「美沙恵だっておばあさんだよ」

どちらからともなく、思わず笑い出してしまった。私はキッチンへ行くとワインを取り出してきて、乾杯の準備を始めた。

「早いものね。あの子が母親になる年齢だなんて。そういえば小学生のころは、からだが弱くて、病気でよく学校を休んでいたわ。高校生になってからかしら。部活動でもがんばるようになったのは。

赤ちゃんの名前は、もう考えているのかしら」

「赤ちゃん、赤ん坊……か……」

「あなた、どうしたの？　何をぶつぶつ言っているの」

「赤ちゃんと聞いて、自分が小学生のときの出来事を思い出したんだ。あれは私が小学三年生のころだったかなあ」

あの日、私は宿題をやらずに、漫画を読んでいたんだ。そこへおふくろが入ってきて、口論になったんだ。

「真一（しんいち）、勉強してるかと思ったら、また漫画なんか読んでいたのね」

「いちいち言わなくても分かっているよ。うるさいなあ。これだけ読んだらやるよ」

「ダメッ！　いますぐやりなさい」

と言うのとほとんど同時に、おふくろは私から漫画を取り上げたんだ。

「何、すんだよー、返してよ」

「今日という今日はいけません」

「もういいよ、こんな家、出ていくから」

そう言うと私は、家を飛び出してしまったんだ。


気がつくと私は、毎週通っているスイミングスクールへ行くバスに乗っていた。

「次は東山住宅前、東山住宅前」

バスが停まると、数人の乗客が乗り込んできた。

そのうちの二人の女性が、通路をはさんで私の横に座った。何気なく見ると、一人は赤ちゃんを抱いていたんだ。

赤ちゃんはお母さんを見ながら、「あー、あー」とか「う、うん」しか言えなかった。でもお母さんは、そのたびに赤ちゃんが何を言いたいのか、分かるかのようにうなずいていた。

赤ちゃんを見つめる目がとてもやさしい眼差（まなざ）しだったことは、今でもはっきりと覚えているんだ。

それに、そこだけは別の時間が流れているように感じられた。

「お母さん、いま笑ったわよ。ほら、ほっぺをこうして、指でさわると笑うのよ」

「本当だねえ。純子（じゅんこ）、おまえにもこんなときがあったんだよ」

「覚えてないわ」

「当たり前だよ。高校生のころは自分一人の力で大きくなったつもりでいるから、けっこう生意気なことを言ってたものよ。純子も子どもができて初めて、親の気持ちが分かるようになったわね」

「あっ、また笑ったわ」

純子と呼ばれた女性は、自分の母親の言葉がまったく耳に入っていないように見えたが、三人は、目に見えない温かい絆でしっかり結ばれているように感じられたよ。

私はこの様子をじっと見つめていたけれど、次のバス停で降りると、自分の家に走って帰ったんだ。

「ふうーん、そんなことがあったの」

「あの時は、帰ってからこっぴどく叱られたけれど、最後におふくろが、『帰りが遅いから交通事故にでもあったんじゃないかと、心配していたのよ』と言って、ぎゅっと抱きしめてくれたんだ。

親っていうのは、いくつになっても子どものことが心配なんだろうな」

「そうね。じゃ、乾杯しましょう」

「乾杯！」

おにぎりの思い出

「マリコ、お花は車に積んだ?」

「積んだわよ。もういつでも出発できるわよ」

お寺へ着くと二人は、住職と一緒に鈴木家の墓まで来ました。お花を供え、線香に火をつけると、手を合わせてお参りをしました。

(おじいちゃん、就職、決まったよ。あの時はありがとうね)

それから、マリコはカバンの中からおにぎりを取り出すと、お墓に供えました。

(おじいちゃん、形は不格好だけれど一生懸命つくったんだよ。食べてね。おじいちゃんの分のほかに、おじいちゃんのお兄さんとお父さん、お母さんの分もつくってきたよ)

マリコはお参りを終えると、空を見上げ、十二年前のあの日のことを思い出しました。

「マリコが入院しているとお母さんから聞いたが、具合はどうじゃ」

「マリコ、今日はおじいちゃんがお見舞いに来てくれたのよ」

「……」

「ここ数日、ずーっとこうなんですよ。私が話しかけても、うんともすんとも言わないのよ。おじいさんからなんとか言ってやってくださいよ」

マリコは、冬休みに手術を受けるために入院しました。手術は成功したのですが、術後の回復が思わしくないため、三学期が始まっても、まだ退院の許可が下りなかったのです。そのため学校の友達にも会えないので、いらいらしていたのです。

ちょうどその時、病院の看護師さんが、昼食を運んできてくれました。ベッドに備え付けのミニテーブルを手際よく用意して、トレーをそこに置くと、すぐに隣の患者さんのところへ行き、同じように配膳をしています。

この日のメニューは、おにぎりとお吸い物とミニ野菜サラダです。さらに、デザートにヨーグルトが付いています。

「マリコ、朝ごはんも残したでしょう。食べないと退院できないわよ」

マリコはお昼ごはんに手をつけずに、じっと何かをこらえているようでした。そして一言「こんなものいらない」と言うと、目から涙がこぼれ落ちてきました。

「ほーっ、おいしそうだなあ。マリコ、いらないならわしが一個もらうぞ」と言うと、おじいさんは大きな口をあけておにぎりをほおばりました。

そして一口食べると、おじいさんは、そのおにぎりをじーっと見つめています。

「おじいちゃん、どうしたの？」

「えっ、ああ……、ちょっと昔のことを思い出してなー。

あれは、わしがマリコぐらいのときだったから、もう六十年近く昔のことだなあ。戦争が終わったばかりで、食べ物も満足にない時代じゃった。腹をすかして学校から帰ると、机におにぎりが置いてあった。形もこのおにぎりとは違って、不格好だった。

大急ぎで食べるとすぐに畑仕事に行くのが日課だった。親父と兄貴は戦争で死んでしまったから、次男坊のわしが、おふくろの畑仕事を手伝わなければならなかったのじゃ。

マリコの今日のおにぎりのように、海苔（のり）もまいてなければ、具も入っていなかった。

これはあとから聞いた話だが、戦地の親父と兄貴は、銀しゃりを腹いっぱい食べたかったらしい」

「銀しゃりってなあに？」

「白米だけで炊いたご飯のことだよ。毎日ご飯が食べられるマリコには、分からんだろうなあ」

そう言うと、おじいさんは遠い昔を思い出すかのように、少し目を細めて、病室の窓の外を黙って見つめていました。

「戦争が終わったから、もう空襲の心配もなかったし、学校へ行けることだけでうれしかった。マリコは、学校の勉強が遅れるのを心配しているようだが、そんなものはいつでも取り戻せる。つらい思いをした分だけ、人に優しい子になれるよ。

さあ、少しでも食べなさい。食べないと病気に勝てないぞ」

黙ってうなずくと、マリコはおにぎりを口にしました。こぼれた涙のせいで、少しばかり塩味がきいているような気がしました。


マリコが退院したのは、それから間もなくのことです。

そして月日は走るように流れ、マリコは大学を卒業し、就職も決まりました。今日はお母さんと一緒に、おじいさんの眠る墓にそのことを報告に来たのです。

(おじいちゃん、天国から見ていてね)

(マリコ、がんばれよ!)

空を見上げる二人を祝福するかのように、春風が吹き抜けていきました。

鈴木家代々之墓

先生のくれた御守り

「皆さん、今晩は。今日四月一日から午後七時のニュースを担当することになりました石原綾子です。どうぞよろしくお願いいたします。

まず最初のニュースは、新型コロナウイルス関係のニュースです……」

「えっ？　ねえ、今あのアナウンサー、石原……何て言った？」

「石原綾子だよ。知っているのか？」

と夫の洋平が尋ねると、妻の春奈は独り言を言うかのように、

「同姓同名かしら？　十五年ぐらい前、私が六年生の担任だった時に、クラスにそういう名前の子がいたわ。でも……」

とつぶやきました。

「ママ、すごいね。十五年も前に教えた生徒の名前がパッと出てくるなんて。去年、東都テレビの朝のニュースのアナウンサーも教え子だって言ってたけれど、教え子が二人もアナウンサーだなんて、めったにある話じゃないよ」

と洋平は感心しました。

「湯川香苗(ゆかわかなえ)が、東都テレビのアナウンサーになったときは、そんなに驚かなかったけれど、石原綾子がアナウンサーとはねえ」

春奈の記憶は、クルクルクルクルと十五年前の学芸会の日までさかのぼります。

「鬼たちよ、もう村へ来て作物を、……作物をぬすだり、、……アーッ、ごめんなさい。盗んだりしないと約束しなさい」

「綾子さん、緊張しなくてもいいのよ。落ち着いてやれば、大丈夫よ」

と春奈先生は言ってくださるものの、綾子は自分のせいで学芸会でのクラス発表が、台無しになってしまうのではないかと思うと、涙がこぼれてきました。

「あっ、もう四時ね。今日の通し稽古(げいこ)はここまで。いすと机を元通りにしたら、解散してもいいわよ」

その帰り道のことです。綾子は仲良しの香苗と一緒に歩いています。

「ねえ、香苗ちゃん、どうして香苗ちゃんは自分のせりふを間違えずに言えるの？

国語の授業で教科書を読むときでも、いつもすらすらと間違えずに読むでしょ」

「私ね、将来テレビのアナウンサーになるのが夢なの。だから家でも教科書を読むときには、姿勢を正して読む練習をするの。綾子ちゃんの夢は、なーに？」

「私の夢？　改めて聞かれるとあまり考えたこともないわ。それよりも学芸会まであと一週間しかないのよ。私のせりふは最後の場面だから、うまく言えなかったらクラスのみんなに迷惑をかけることになるし……」

「じゃあ、明日から私が特訓をしてあげるわ」

「特訓？」

「そうよ。クラス全員で行う練習は、毎日四時までで、最終下校時間は四時半だから、その三十分だけ毎日やれば大丈夫よ」

「でもどこでやるの？」

「音楽室が空いてるわ。学芸会が終わるまではクラブ活動は中止だから、先生に頼んで使わせてもらうの」


次の日の昼休みに、香苗は綾子と二人で春奈先生に頼みに行きました。

「わかりました。四時半になったら、音楽室の鍵をかけに行くから、それまでよ。がんばってね」

「ありがとうございます」


さて、その日から特訓が始まりました。初めに、綾子が自分のせりふを言いました。すると不思議なことに、すらすらと言えたのです。

「今は誰もいないでしょ。だから上がらずに言えたのよ。綾子ちゃんは早口言葉って知ってる?」

「早口言葉? たとえば?」

「〝隣の客はよく柿食う客だ〟とか、〝赤巻紙・青巻紙・黄巻紙〟とかよ」

「隣の客はよく客……よく柿食うかくだ……。

難しいわ。でも早口言葉と劇のせりふと何か関係があるの?」

「綾子ちゃんのせりふは、早口言葉のように舌をかみそうになる部分はないでしょ。だから、早口言葉が言えれば、劇のせりふなんか自信をもって言えるようになるわ」

次の日。

「今度は私が教室の一番後ろに立つわ。綾子ちゃんは一番前でしゃべってみて」

「鬼たちよ、もう村へ来て作物を……」

「全然聞こえないわ。ゆっくりでいいからもっと大きい声で」


さあ、学芸会の日になりました。

クラスの生徒は、ステージの下の控え席で順番を待っています。何度も自分のせりふを練習している生徒がいれば、「あーっ、ドキドキするなあ」と落ち着かない様子の生徒もいます。

前のクラスの発表が終わり、いよいよ綾子たちのクラスの番です。みんなステージの上手と下手に分かれて行きます。

その時です。春奈先生が綾子のところへ来て、

「綾子さん、毎日頑張っていたわね。自分の番が来て、せりふを忘れそうになったら、この御守りを開きなさい」

と言って小さな紙切れを渡しました。

綾子は自分の出番が近づいて来ると、心臓が早鐘を打つようにドキドキしてきました。

大急ぎで御守りを開くと、

『綾子さん、あなたはここで失敗をするような練習をしてこなかったわ。さあ、自信をもって行ってらっしゃい』

という言葉が書かれていました。

(そうだ、私はここで失敗するような練習はしてこなかったんだ)

綾子はそう思うと、ステージ中央に向かって一歩ずつ進み、

「鬼たちよ、もう村へ来て作物を盗んだりしないと約束しなさい」

と、一言もつかえずに言えたのです。

「ハハー、ごめんなさい。もう悪さはいたしません」

幕が下り始めると、大きな拍手が聞こえてきました。ステージの中央では、綾子と香苗が抱き合って喜んでいました。


春奈先生は、そんな十五年前の学芸会での出来事が忘れられなかったのでした。

その後も二人からは毎年年賀状が届きました。

「そうだ、お祝いのメールを送ってあげよう」

その晩、春奈先生が寝ようとしたら、綾子から返信メールが届いていました。すぐに読んでみると、こんなメッセージが書かれていました。

『先生、お久しぶりです。ニュース、見ていてくださったのですね。ありがとうございます。

実は今日も、十五年前と同じでドキドキしていたんです。ですからポケットに、あの日いただいた御守りを入れて臨みました。先生からいただいた御守りってすごいですね。

今度、香苗と三人で会いませんか？』

春奈先生は、その瞬間涙があふれ、文字がぼやけて読めませんでした。

恩師と教え子

「おーい、北川君、今いいかな？」

「はい、課長、何でしょう」

「実はね、今度東京の桂山支店で開かれる研修会なんだけれど、君に行ってもらいたいんだが、頼めるかな？」

「はい、わかりました。それでは、要項をメールで私のパソコンに送ってください」

送られてきた研修会の実施要項を見て、北川は（あれっ？）と思いました。

（桂山支店の住所は、深田先生の自宅の近くなんだ）

深田先生は北川が中学三年生の時の担任の先生です。毎年年賀状のやり取りはしているのですが、卒業以来二十年近く会っていません。年賀状には「是非一度お会いしたいです」などと書いてきましたが、会うだけのためにわざわざ東京へ行くことは、なかなかできませんでした。ですから今回の出張は、深田先生に会う絶好のチャンスでもあるのです。

昼休みに休憩室で深田先生に電話をかけてみました。発信音の時間がやけに長く感じられます。

(昼間だから、家にいないのかなあ)

「もしもし、私、北川と申しますが、深田先生でいらっしゃいますか」

「き…た…が…わ…、どちらのきたがわさんですか」

「あのー、中学三年生の時に、先生に担任をしていただいた北川です」

「どちらの中学校の卒業生でしたか」

「大阪市立三の丸中学校です」

「あっ、あの北川君か。突然だったのでわからなかったよ」

「実は今度出張で東京へ行くのですが、出張先が先生のご自宅の近くなので、仕事が終わったら先生にお目にかかりたいと思い、電話をかけました。四時半には会議が終わりますので、五時頃はご都合いかがでしょうか」

「いいですよ。どこの会社ですか」

「東都エレクトロニクスの桂山支店です。

会議が終わったら電話をしますので、先生の御自宅に伺ってもいいですか」

「いや、ちょうどその日は出かける予定があるから、私がそちらに行くよ」

「それでは、支店のロビーに来客用のソファーがありますので、そこでお待ちいただけますか。

それから二十年ぶりなので、わからないといけませんので、目印になる服装を決めておきましょう。私は水玉模様のネクタイと紺色のスーツを着ていきます」

「私は……茶色のジャンパーを着ていきます。それから、食事のできる店を予約しておくよ」

「わかりました。突然お電話をしたにもかかわらず、ありがとうございます。では、当日を楽しみにしています」

北川は当日、新幹線に乗ってからも、楽しみと不安がないまぜになった不思議な気持ちでした。


会議が終わって北川が支店のロビーに行くと、ソファーに茶色のジャンパーを着た初老の男性が座っていました。

「深田先生でいらっしゃいますか」

担任だった中三の時に比べて、随分白髪が増えた点以外は、深田先生はちっとも変わっていませんでした。

「おー、北川君か、立派になったなあ。この近くに食事のできる店を予約しておいたからそこへ行こう」

「はい」

案内された店は、静かな個室のあるレストランでした。

「今はどんな仕事をしているの」

「東都エレクトロニクスの阪南支店で、企業向けのネットワークシステムの普及活動を担当しています。

この業界は日進月歩の勢いで変化していくので、毎日が勉強です。

先生は定年退職された後で、東京へ引っ越しされましたが、毎日何をなさっているのですか」

「引っ越したのは、東京に住んでいる親の介護のためだったんだ。しかし、まだまだ元気だったので安心したよ。

そこで、週に三日ほどは東京の私立中学で、非常勤講師として英語を教えることにしたんだけどね。

この桂山市は、メトン共和国のヒガナ市と姉妹友好都市になっているんだ。だからうちの市には、メトン共和国出身の人たちがけっこう住んでいるんだよ。

ところが、三年ほど前にメトン共和国の水害で、国土の三分の一が浸水して、住む家を失った人たちが大勢出たんだ。それで、故郷で住居を失った人たちを、桂山市で受け入れてもらえないかという打診が来たんだ。幸いメトン共和国は公用語が英語だから、私でも何か力になれることはないかと思い、市役所のボランティアセンターへ行き、応募してみたんだよ」

「先生の仕事は、何をされているんですか」

「メトン共和国の人が、市営住宅に入居する時に必要な書類の書き方を説明したり、市営住宅までのバスや電車の乗り方を教えたりしながら、部屋まで案内するんだ」

北川は、恩師の年齢を感じさせないエネルギッシュな活動に圧倒され、話を聞いていました。

「ある時こんなこともあったよ。日曜日に市役所の担当者から電話がかかってきてね、私

の家の近くの市営住宅に入居している、メトン共和国の家族の子供さんが、熱を出したと言うんだ。休日で病院はやっていないから、親御さんはどうすればいいかと市役所に電話をしてきたんだね。そして、近くの休日診療所まで連れて行ってもらえないかという依頼だった。私はすぐにその家族のところへ行き、タクシーに乗せて、休日診療所まで連れて行ったんだ。

幸い大したことはなく、診療所で風邪薬をもらってアパートへ戻った時には、親御さんは涙を流して、たどたどしい日本語で、何度も何度も〝アリガトウ、アリガトウ〟って言うんだ。

私はこの年になって、人から感謝されることがこうもうれしいものかと、初めて実感したよ」

（先生には中学三年生の時に、わずか一年間担任をしていただいただけだったけれど、私にとって先生は、二十年たった今でも先生でした。追い抜くことはもとより、追いつくこともできないや……）

北川には先生の生き方が、とてもまぶしく見えました。

「おーっ、私ばかりしゃべっていてはいかんなー。北川君、君の話も聞かせてくれないかね」

「先生、中三の夏休み、補習授業が終わった後に、僕が数人の友達と教室でおしゃべりをしていた時のことなんです。

先生が廊下から私たちをにらみつけていたことがありました。覚えていらっしゃいますか」

「いやー、覚えていないなあー。それで?」

「私たちは何も悪いことをしている意識はありませんでしたので、なぜ怒っているのかなあと思っていたら、先生は竹中君に向かって、

『おい、君、机は腰を掛けるものか?』っておっしゃったんです。

竹中君はきまり悪そうにしていましたが、私には今でも行儀を重んじる先生のお人柄が、感じられた指導だったと思っています。

私も小さい頃は、家で周りの大人たちから同じようなことを言われて育ったものですから」

「へぇー、そんなことを言ったかなあ」

思い出話はつきません。あっという間に三時間近くたち、あたりは日がとっぷりと暮れていました。

そのレストランを出てから、先生は近くのバス停まで送ってくださいました。

「先生、今度はいつ会えるでしょうね」

「そうだね、また会いたいね。今日はありがとう。大阪からわざわざ会いに来てくれたのは、北川君、君だけだ」

別れるときに先生が手を差し出され、握手をしました。ごつごつしていましたが、温かみのある手でした。


深田先生と別れてホテルへ向かう途中、北川は、バスの中で今日一日の出来事を振り返っていました。

北川の目にはネオンサインや行きかう人々が映りました。そしてそれらを見ながら、この一千四百万人の人口をもつ東京都の中で、深田先生と二十年ぶりに会ったのだなあと考えていました。

これだけの大都会の中では、取るに足らない出来事でしたが、北川にとってはかけがえのない一日になりました。テレビドラマでよく見る安直な再会場面よりは、ずっと充実していた一日でした。

翌年、深田先生から届いた年賀状には次のように書いてありました。

『昨年は思いがけない再会ができて幸せでした。思い出のページの続編ができるのは、楽しいものです。

十月には私たちボランティアと桂山市長がメトン共和国の大使館に招かれて、感謝状をいただきました』

これを読んだ時、北川は（先生、やったな）と心の中で拍手をしました。

演劇にかけた青春

夕食として出された機内食を食べ終わると、島村賢治(しまむらけんじ)は窓の外を見た。そして漆黒の闇の中を、カナダのバンクーバーへ向かって飛ぶ飛行機の中で、一カ月前に久野光恵(くのみつえ)から届いたメールを思い出していた。

賢治は仕事から帰り、寝る前にメールチェックをするのが日課だった。

(あれ、久野光恵先輩からメールが届いている。何だろう?)と思い開いてみると、

『島村君、お久しぶりです。実は私がこちらで所属している劇団が、この夏休みにブルースカイ公園の野外演劇場で、二週間にわたって公演を行うことになったの。私も役をもらえたの。だから島村君にもぜひ見てもらいたいと思って連絡しました。

普通だったら、わざわざカナダのバンクーバーまで見に来てくださいなんていう案内はしないわ。でも、あの日島村君と出会っていなかったら、今の私はなかったわ。飛行機代は私が負担してでも見に来てもらいたいの。

こちらへ来られる日程が決まったら、連絡してください。久野光恵』
（先輩はようやく夢がかなうんだ。それにしてもバンクーバーまで来てくださいというのが、先輩らしいな）

賢治が光恵に初めて出会ったのは、高校の入学式の次の日だった。

午前中は、ガイダンスやオリエンテーションが行われ、昼食後は部活動見学の時間だった。

部ごとに一教室ずつ割り振られ、教室の中では上級生があの手この手で、新入生たちを勧誘していた。

賢治は特に入りたいという部があったわけではなかったが、演劇部の教室の前に来たときにふと足が止まった。

教室の中では、前年全国大会で優勝した時のＤＶＤが上映され、主役を演じる女子生徒の高校生離れした演技力に、目が釘付けになった。

「そこの君、そんなところに立ってないで、中に入って話ぐらい聞いていってください」

声のする方を見たら、ＤＶＤに映っていた女子生徒だった。

賢治はこの人を見た瞬間、言葉ではうまく言えないが、ほかの上級生にはない何かが感じられた。

入部を勧めるその人の話をひと通り聞いた後、他の部活の様子も見てみたが、演劇部ほどの迫力は感じられなかった。

特に入りたい部もなかった賢治は、本登録の日に演劇部へ行き、正式に入部した。

毎日放課後一時間半ほど、月曜日から金曜日までの週五日間の練習は、苦痛ではなかった。しかし、発声練習以外にも体力づくりのトレーニングが課せられたことには驚いた。

一学期が終わると、三年生は受験勉強に専念するため、引退するのがこの高校の慣例であった。ところが、久野は引退どころか、夏休み中の合宿にも参加してきたのだった。熱心に後輩を指導する久野を見ながら、

(先輩は、いつから受験勉強を本格的に始めるのだろう? どこの大学へ行くのだろう?)

賢治はこの素朴な疑問をほかの上級生にぶつけてみたが、誰も知らないようであった。というよりも、誰も久野の進路などに関心がないといった感じだった。

久野が卒業し、賢治が二年生になった時、同じ質問を新三年生の部長にしてみた。

「僕も詳しくは知らないんだが、何でも演劇のプロを目指したいとかで、大学へは行かずに外国の演劇学校へ行ったという話だよ」

「……」

久野は卒業してしまったので、賢治にとってはもう聞くすべもないし、聞いたところで何かが変わるわけでもなかった。


高校の三年間はとても短く感じられると聞いていたが、本当にその通りだった。あっという間に三年生の夏休みになっていた。

賢治は地元の大手予備校の夏期講習会に申し込み、毎日受験勉強に精を出していた。

ある日のこと、いつものように指定された教室で講師が来るのを待っていたら、

「あの、ここは空いていますか」

と横から聞かれた。

「はい、空いています」

と答えようとしてその女性の顔を見た瞬間、賢治は一瞬自分の目を疑った。その女性は

演劇部にいた久野光恵だったからだ。

「あの、人違いだったらごめんなさい。富士丘(ふじおか)高校出身の久野さんではありませんか」

「えっ、あなたこそ演劇部にいた……誰だっけ……名前が思い出せないわ」

「島村です」

「そうそう、島村君だったね。こんなところで会うとは思わなかったわ」

「先輩は卒業後、外国の演劇学校へ行ったということを噂(うわさ)で聞いていたんですが、なぜ今こんなところにいるんですか」

「話せば長くなるわ。もし時間があれば、この講義の後、コーヒーでも飲みながら話をしない？」

「いいですよ」

講義が始まったが、賢治には先輩が卒業後一年半、どういう道を歩んで今ここにいるのかが気になって、講義は上の空であった。

講義が終わると、予備校のとなりの喫茶店で二人は向き合っていた。

「私ね、高校を卒業してから外国の演劇学校へ留学したの。高校二年生の時に、全国大会で優勝したから、演技力にはそこそこ自信があったの。そこの学校は、色々な国から実績のある学生が集まることで有名だったけれど、これほどレベルが高いと思わなかったわ。監督の指示は、すべて早口の英語で出るから、何を言っているのかさっぱりわからなかったわ。

一カ月もするとアパートと学校の往復をしているだけで、これが私の目指していたものなの？　という疑問がわいてきたの」

賢治にはこんなに苦しそうな先輩を見るのは初めてだったので、ただ話を聞くだけだった。

「半年過ぎたころに、親にもう帰りたいと初めて弱音を吐いたの。そうしたらいつでも帰っていらっしゃいと言われたわ」

ここまで話したら今までこらえていたものが堰を切ったかのように、光恵の目から涙がこぼれていた。

周囲の客たちの視線が、一斉に二人に突き刺さった。

（これはまずい）と思った賢治は、光恵に場所を変えようと言って店の外へ出た。そして近くの公園へ行った。光恵の話は続いた。

「去年の冬休みに高三の担任だった梶山先生のところへ行き、進路を相談したの。三年生の保護者会の時は、外国の演劇学校へ行くという選択肢以外はないという考え一点張りだったので、梶山先生からは叱られるとばかり思っていたわ。

でも、その日来た理由を話し終えたとき、先生はこうおっしゃったの。

『君から電話をもらってから、私も色々調べてみたんだ』と言って、机の引き出しから封筒を出し、私に見せて下さったの」

「空けてごらん」

急いで中の書類を取り出してみると、京浜大学の大学案内と募集要項だった。

「久野、この大学には芸術学部演劇学科がある。私が何よりも勧めたいのは、この学部は、世界の多くの国の大学と提携を結んでいて、卒業後も希望すれば大学側が責任を持って、推薦してくれるという点だ。

また、在学中には短期のホームステイを経験することもできる。だから現地の音楽学校や演劇学校の見学や、体験入学が可能な点も魅力だ。

人生百年の時代だ。何も焦る必要はない。今年の経験は失敗なんかではない。貴重な経験だと思いなさい。

大学の四年間で演劇の勉強だけでなく、その国の文化や歴史も勉強しなさい。それから語学もな。

今日家に帰ったら、家族ともよく相談しなさい。さすがに年明けの受験はもう無理だから、来年の四月から一年間浪人すると思って頑張りなさい。久野、君ならできる」

「へえー、梶山先生っていい先生なんですね。

ところで、話は変わるけれど、先輩が高校を卒業した後、部の方針が変わったってこと知ってました？」

「知らないわ。何があったの」

「今までのようにコンテストに参加して賞を目指すよりも、幼稚園や老人ホームへ行き、演劇の楽しさをみんなに知ってもらおうという方向に、方針が変わったんですよ」

「誰が言い出したの」

「特に誰ということはなく、自然にそうなったといった方が正解かなあ。

僕は先輩とは半年足らずのお付き合いしかなかったから、コンテストで賞を取るための練習がどんなものかよく知らないんです。でも、幼稚園や老人ホームでの公演を終えると、みんなが本当に喜んでくれるんですよ。そんなときには、部員一同やってよかったと思えたんです」

「やっぱりそうか」

「何がやっぱりなんですか」

「私が部長だった二年生の時は、全国大会で優勝するために、大会が近づいてくると土日も練習したの。ほかの部員は、直接私には何も言わなかったけれど、負担になっていたのね。今、島村君からその話を聞いて納得できたの。

私も自分の力のなさを感じたから、上を目指すなんてことは、もうやめようかな」

「先輩、先輩は今まで通り世界のトップレベルを目指してください。でも僕たちは高校の部活動を通して、演劇の楽しさを多くの人に伝えることも大事だということが、分かってきたんです。

トップレベルで活躍する人がいれば、その人に憧れて後に続く人が大勢出てくる。それでいいじゃないですか」

久野は島村の話に聞き入っていた。

（そうか、もっと肩の力を抜いてやればよかったんだ。

世界のトップレベルを目指すことを目標にするのではなく、演劇の楽しさを見る人に伝えることを目標にすればいいんだ。その結果として世界のトップレベルになれば、それに越したことはないんだ)

「島村君、あなた、成長したね。二年後輩のあなたから、こんないい話を聞かせてもらえるとは思わなかったわ。みんな私に遠慮していたのね。

今日はいい話を聞かせてくれてありがとう。来年は、京浜大学に合格できるようにがんばるわ。ところで、島村君はどこの大学を受けるの」

「僕ですか？　僕は地元の名南大学の生命工学科でバイオテクノロジーを勉強したいと思っているんです」

「島村君、連絡先を交換しない？」

「いいですよ」

メールアドレスを交換すると、久野光恵は雑踏の中に消えていった。

そしてその予備校の講習会では、二度と会うことはなかった。

翌年、賢治は志望校に合格したが、久野からは何も連絡がなかった。

（先輩は受かったのかなあ）と思いつつ、賢治から聞くわけにもいかなかった。

賢治の学科では入学早々、一般教養科目と並行して、専門科目も始まった。実験室での実験の他に農場実習もあり、アルバイトなどをしている暇はなかった。


二年生の夏休みが終わったころ、久野からメールが届いた。

『島村君、お久しぶりです。私は京浜大学の芸術学部演劇学科に合格し、充実した生活を送っています。

今年の夏休みは大学の紹介で、カナダのバンクーバーへ行き、二週間のホームステイを経験しました。前半の一週間は地元の演劇学校を見学して、練習にも参加しました。

後半の一週間は、カナディアンロッキーとナイアガラの滝を見学してきました。カナディアンロッキーの雄大な景色を見ていると、自分の悩みがとてもちっぽけなものに感じられました。

ナイアガラの滝では滝の水量や音に圧倒され、私も観客を圧倒するような演技ができるようになりたいと、心の底から思えるようになりました。

食事もおいしく、三キロも太ってしまいました（笑）。

島村君の近況を教えてください。光恵』

先輩はようやく自分の居場所を見つけたんだと思い、すぐに返信メールを送った。

それ以来、二人は時々、近況を知らせるメールを交換し合ってきた。

月日は流れ、賢治は大学を卒業し、就職した。

就職してからは毎日の仕事を覚えるのに忙殺され、あっという間に三年目を迎え、賢治は二十五才になっていた。

そんな時、光恵から久しぶりに近況報告が届いた。バンクーバーで所属している劇団が、この夏休みにブルースカイ公園の野外演劇場で、二週間にわたって公演を行うことになったので、賢治にもぜひ見てもらいたいという内容だった。

賢治は、会社のお盆休みを利用してバンクーバーへ行くという返信メールを送った。

賢治は現地時間の十一時五十分にバンクーバー国際空港に到着した。税関を出ると久野光恵が出迎えに来ていた。

「島村君、お久しぶりね。今日はわざわざバンクーバーまで来てくれて本当にありがとう。何てお礼を言ったらいいのかわからないわ」

「こちらこそよろしく」

と言って久野の顔を見ると、目標に向かって突き進む鋭い意志に加えて、温かい包容力も感じられた。

「ホテルに荷物を置いたら、早速ブルースカイ公園へ案内するわ」

バンクーバーは初めてだったので、何から何まで久野に任せた。

タクシーで公園につくと、野外演劇場へ案内してくれた。

「へえーっ、思っていたよりも本格的だなあ。で何を演じるの？」

「『赤毛のアン』よ。プリンスエドワード島のアヴォンリー村に、アンがやってきたところから始まるでしょ。その時のアンを演じるの。

島村君、あなたも私も話したいことは山ほどあると思うけれど、あなたは長旅と時差ボケで疲れているし、私はこれから合同練習があるから今日は勘弁してね。

明日の夜の公演を見に来てね。はい、これがチケットよ。

あさっての午前中にホテルへ迎えに行くわ。その時ゆっくり話しましょう」

さて、当日。賢治は、あの頃の光恵がどう変わったのか知りたくてたまらなかった。

一方の光恵は舞台の袖で出番を待っていた。目を閉じて精神統一をする。賢治と出会ってからの十年間が走馬灯のように駆け巡った。

開演のベルが鳴り、幕が上がると、光恵は深呼吸をして、一歩ずつステージ中央へと歩を進める。

（島村君、会場の皆さん、演劇ってこんなに楽しいんですよ。今夜はゆっくり見ていってください）

あとがき

私は高等学校の理科教員として、化学に関する指導法の研究や実験の開発などに関する研究論文を数多く発表してきました。しかし、これらは、実験データなどの客観的事実などから成り立っており、私個人の感想を書くことはほとんどありませんでした。

そのため、私はいつかみずみずしい感性とぬくもりのある言葉で、童話やエッセイを書いてみたいという夢を、ずっと持っていました。読み終えた時にさわやかさを感じていただいたり、心が温まる何かを残すことができたら望外の喜びです。


「いのちの耀き」

思春期になると子どもというものは、自分一人の力で大きくなったと思い込むものです。しかし、自分が親になったときに初めて、多くの人のおかげで大きくなったということに気がつきます。

「おにぎりの思い出」

今でも世界の多くの国では、毎日の食事すら十分にとることができない人たちが、大勢います。日本でもかつてはそういう時代を経験しました。ですから食べ物を大切にすることを、考えていただければ幸いです。

「先生のくれた御守り」

乗り越えることが難しいハードルを、友人の支えと先生の御守りで乗り越えることができたときの喜びは、格別のものです。しかもその時の御守りを十五年後まで持っていたとなれば、教師冥利に尽きます。

「恩師と教え子」

教師にとって教え子の成長した姿を見るのは本当にうれしいものです。しかし、卒業後何年もたってから、個人的にかつての恩師に会いに来てくれる教え子となると、ほとんどいないのではないでしょうか。

「演劇にかけた青春」

私は高校教員として四十年以上にわたり、生徒が目標に向かって努力する姿を見続けてきました。その姿の美しさと努力する過程の大切さを書いたのが、この作品です。

本書を出版するにあたりまして、いかに多くの人に支えられているかを改めて実感しました。この場を借りてお礼を申し上げます。

文芸社出版企画部の砂川正臣様には、本書を出版することを強く勧めていただき、編集部の吉澤茂様には、出版に至るまで終始お世話になりました。

イラストレーターの金斗鉉様にもお手をわずらわせました。

なお、本書に登場する人物・団体等は架空のものであり、実在する人物・団体等とは、全く関係がありません。

著者プロフィール

福田 俊彦（ふくた としひこ）

1956年、愛知県生まれ。
1981年4月～2022年3月、愛知県の県立高等学校に勤務。担当教科は理科（化学）。
著書
『実験で学ぶ化学の世界1　物質の構造と状態』
（分担執筆／日本化学会編　丸善発行　1996年）
童話集『演奏会の幕が上がるとき』（新風舎　2001年）
青春小説『潮風の吹く坂道』（文芸社　2002年）
『七色の魔法使いフォトンの大冒険』（新風舎　2004年）
『しんきろうと走馬灯』（新風舎　2005年）

いのちの輝き

2023年9月15日　初版第1刷発行

著　者　福田 俊彦
発行者　瓜谷 綱延
発行所　株式会社文芸社
〒160-0022　東京都新宿区新宿1－10－1
電話　03-5369-3060（代表）
03-5369-2299（販売）

印刷所　株式会社エーヴィスシステムズ

ISBN978-4-286-24436-5